KNISTER

Hexe Lilli auf Schloss Dracula

KNISTER,
geboren 1952, lebt in Wesel.
KNISTER schreibt Bücher,
macht Musikkassetten und CD-ROMs.
Verrückt, lustig und spannend. Immer!
Lieblingsfarbe: BUNT.
Lieblingsessen: Spaghetti zu jeder Tageszeit.
Hobby: In einer Rockband spielen.
Sternzeichen: Frosch oder so ähnlich.

Birgit Rieger
lebt und arbeitet in Berlin. Als freischaffende Grafikerin
gestaltet und illustriert sie Bücher
für Kinder und Jugendliche.

KNISTER

Hexe Lilli auf Schloss Dracula

Mit Illustrationen von
Birgit Rieger

Arena

In neuer Rechtschreibung
***
Sonderausgabe 2007

Einband- und Innenillustration: Birgit Rieger
Gesamtherstellung: Westermann Druck Zwickau GmbH
ISBN 978-3-401-06102-3

www.arena-verlag.de

Dieses Buch enthält zwei
gefährliche Vampirtricks.
Warte nur ab, bis du am
Ende des Buches
angekommen bist!

Das ist Lilli, die Hauptperson unserer Geschichte. Sie ist ungefähr so alt wie du und sieht aus wie ein gewöhnliches Kind. Das ist sie eigentlich auch . . . aber doch nicht ganz. Lilli besitzt nämlich etwas, was überhaupt nicht gewöhnlich ist: ein Hexenbuch!

Eines Morgens fand Lilli es neben ihrem Bett. Wie ist es da wohl hingekommen? Keine Ahnung. Lilli weiß nur, dass die schusselige Hexe Surulunda Knorx das Buch aus Versehen liegen lassen hat. Und sie weiß, dass echte Zaubereien und wilde Hexentricks in dem Buch stehen. Einige davon hat Lilli schon ausprobiert. Aber aufgepasst:

Versuche lieber nicht, Lillis Hexereien nachzumachen!

Hast du nur ein Wort falsch gelesen,
wird Zahnbürste zum Hexenbesen.
Aus Lehrerin wird böser Schurke,
aus Eis am Stiel wird saure Gurke.

Vorsichtshalber hat Hexe Lilli niemandem von ihrem tollen Buch erzählt. Sie ist sozusagen eine echte Geheimhexe.

Auch vor ihrem kleinen Bruder Leon hält sie das Hexenbuch geheim. Das ist gar nicht so einfach, denn Leon ist sehr neugierig und kann manchmal ziemlich nervig sein.

Lilli hat ihn aber trotzdem sehr lieb.

So . . . und jetzt kann der Lesespaß losgehen!

1. Kapitel

Lilli sitzt im Schneidersitz auf ihrem Bett. Sie wackelt nervös mit den Zehen und knabbert hektisch an den Ohren ihres Stoffmäuschens. Auf ihrem Schoß liegt ein Buch, von dem sie die Augen nicht abwenden kann. Es ist ein Buch über Vampire. Das hat sie sich aus der Bücherei ausgeliehen. Es kommt eigentlich aus der Abteilung für Erwachsene. Aber Lilli hat einfach behauptet, es sei für ihre Mutter. Ob die Bibliothekarin Lilli geglaubt hat? Egal! Hauptsache, sie hat das Buch herausgerückt. Darin steht einfach alles über Vampire, nicht nur, dass sie Blut saugen. Lilli erfährt, dass sie aus Transsylvanien, also Rumänien, kommen, was diese unheimlichen Flatterwesen mögen – und was sie hassen. Dass sie zwar als unsterblich gelten, wie man sie aber trotzdem töten kann. Wenn man es nur richtig anstellt . . . Lilli liest fieberhaft weiter. Alles wird genau erklärt. Bei manchen Beschreibungen muss Lilli ganz schnell weiterblättern, weil sie einfach zu gruselig sind. Und immer wieder geht es um Knoblauch. Vampire verabscheuen Knoblauch!

»Ihhh. Ich mag das Zeug auch nicht«, sagt Lilli halb laut.

»*Was* magst du nicht?«

Lilli schreckt hoch. Leon! Sie war so in ihr Buch vertieft, dass sie gar nicht gehört hat, wie er in ihr Zimmer gekommen ist.

»Mensch, klopf gefälligst an! Wie oft hab ich dir das schon gesagt, du Trampeltier?!« Lilli ist stinksauer. Dass er sie mit einem blutrünstigen Vampirbuch antrifft, ist zwar blöd. Aber was wäre gewesen, wenn er sie mit ihrem geheimen Zauberbuch erwischt hätte . . .

»Was magst du auch nicht?«, nervt Leon beharrlich weiter.

»Dass du mich störst und einfach in mein Zimmer kommst!«

»Ist das eine Vampirgeschichte?«, will Leon wissen. Natürlich kann er noch nicht lesen, aber das Titelbild ist eindeutig. Lilli legt das Buch zur Seite. Na warte! Ihr kommt eine Idee, wie sie den Plagegeist loswerden kann: Sie sieht ihrem kleinen Bruder tief in die Augen und wispert mit einem gefährlichen Unterton: »Ich habe beim Lesen Durst bekommen! Auf Bluuuut . . .«

Leon erstarrt.

»Ich will dein Blut!«, raunt Lilli und leckt sich die Lippen. »Ich habe gelesen, frisches Blut von kleinen Jungs schmeckt besonders lecker!«

»Ich bin nicht mehr klein!«, protestiert Leon.

»Egal«, flüstert Lilli mit unheimlicher Stimme. »Es wird schon schmecken! Lass mich probieren!«

Leon stammelt verunsichert: »Wie soll denn das gehen?«

»Wie schon?«, sagt Lilli genervt. Leon weiß anscheinend gar nichts über Vam-

pire. »Ich beiß dir in deinen kleinen weißen Hals! Und dann saug ich dein Blut aus.«
»Aber, äh, tut das nicht weh?«
»Nur ein bisschen. Warte mal . . . Moment! Setz dich da aufs Bett. Rühr dich nicht vom Fleck, ich bin gleich zurück!«
Als Lilli zurückkommt, hält sie in den Händen eine lange Feile aus der Werkzeugkiste. Leon sitzt immer noch wie

hypnotisiert auf dem Bett und macht große Augen.

»Und jetzt?«

Lilli winkt mit der Feile. »Ich feile mir jetzt die Eckzähne spitz, damit ich dich besser beißen kann.«

Das ist zu viel für Klein Leon. Schreiend springt er auf und düst zu Mama ins Wohnzimmer.

Endlich Ruhe. Lilli schlägt ihr Vampirbuch noch einmal auf und will sich gerade erneut so richtig vertiefen, da steht die Nervensäge wieder im Zimmer. Und an seiner Hand: Mama!

»Lilli, was erzählst du denn da wieder für Geschichten«, sagt sie vorwurfsvoll.

»Damit wollte sie ihre Zähne feilen!«, ruft Leon. Mama sieht die riesige Feile und muss lachen. Natürlich weiß sie, dass Lilli ihrem Bruder niemals ernsthaft weh-

tun würde. Aber der kleine Leon geht seiner großen Schwester immer wieder auf den Leim.
»Sie hat gesagt, das Blut von kleinen Jungen schmeckt besonders gut . . .«
Mama verdreht die Augen. Was Lilli sich so alles einfallen lässt, nur um Leon loszuwerden . . .
»Du darfst Lillis Geschichten nicht so ernst nehmen«, erklärt sie Leon. »Manchmal redet sie einfach dummes Zeug. Am besten, du gehst in dein Zimmer und spielst Lego.«
»Sie erzählt kein dummes Zeug!«, beteuert Leon. »Als sie mir das letzte Mal was von einem Vampir erzählt hat, war echt einer da! Mit spitzen Blutzähnen und so . . .!«
»Ja, ja!«, lacht Mama. »Und bestimmt trug er ein Leichenhemd. Also wirklich, Fantasie habt ihr . . .«

»Nein! Er trug einen schwarzen Umhang und hatte weiße Handschuhe an«, ereifert sich Leon.
Damit hat er recht, und die ganze Geschichte stimmte wirklich – aber das weiß Lillis Mutter natürlich nicht! Sie glaubt, dass Leon wieder einmal auf Lillis Geschichten hereingefallen ist. Was sie nicht ahnen kann, ist, dass Lilli wirklich vor einigen Wochen für einen *echten* Vampirspuk gesorgt hat – nicht ganz freiwillig übrigens . . .
Das war so: Lilli war mit Leon allein zu Hause. Ausgerechnet an dem Tag biss Leon so heftig in ein Brötchen, dass er fast seinen ersten Zahn verlor. Aber eben nur fast! Der Schneidezahn war ganz wackelig und Leon völlig verzweifelt. Um ihn abzulenken und wenigstens so lange zu trösten, bis Mama zurück war, erzählte

Lilli ihm eine wilde Geschichte über den Vampir mit dem Wackelzahn. Um die Geschichte noch würziger zu machen, half Lilli mit einem Vampirzauberspruch aus ihrem geheimen Buch etwas nach. Das hätte sie besser nicht getan! Der Vampirzauber war wohl zu stark und geriet Lilli außer Kontrolle. Jedenfalls jagte plötzlich ein leibhaftiger Vampir durch die Wohnung, die sich inzwischen in das reinste Vampirschloss verwandelt hatte.

Zu allem Unheil ließ der Vampir Lilli nun nicht mehr an das Hexenbuch heran, sodass Lilli den Zauber nicht einfach rückgängig machen konnte. Hilfe! Da war was los! Mit einem cleveren Trick hat Lilli die Situation dann aber auch ohne ihr Hexenbuch in den Griff bekommen.*

* Wer es genau wissen will, wie sich das Abenteuer zugetragen hat, kann es nachlesen in »Hexe Lilli und der Vampir mit dem Wackelzahn«.

Natürlich hat Leon damals seiner Mutter alles brühwarm erzählt. Und – natürlich – hat die ihm kein Wort geglaubt.
Auch jetzt versucht Leon es wieder: »Mensch, Lilli! Sag Mama, dass der Vampir damals *wirklich* da war!«
»Aber natürlich war er da!«, sagt Lilli todernst – und zwinkert Mama dabei zu.
Kaum sind die beiden aus dem Zimmer, macht Lilli die Siegesfaust und ruft: »Geschafft! Beim verfluchten Sarg des Nosferatu!« Und schon vergräbt sie sich wieder hinter ihrem Vampirbuch.
Von Nosferatu hat sie in einem früheren Kapitel gelesen. Er ist berühmt geworden, weil er es als erster Vampir nach Amerika geschafft hat. Und zwar mit einem Trick. Denn wie jeder weiß, können Vampire nicht über Wasser fliegen! Und da zwischen Transsylvanien und Ameri-

ka der Ozean liegt, war guter Rat teuer. Also ließ sich Nosferatu in seinem Sarg liegend auf einem Schiff nach Amerika bringen. Das war echt ein cleverer Schachzug! In Amerika hat er dann großes Unheil angerichtet. So lange, bis ein tapferer Vampirjäger es endlich gewagt hat, ihm das blutige Handwerk zu legen. Eine Wahnsinnsgeschichte. Als Lilli das vor ein paar Tagen las, kam ihr sofort der Gedanke, sich selbst einmal ins mittelalterliche Transsylvanien zu hexen, um den Vampiren auf den Blutzahn zu fühlen. Doch diesen Gedanken hat sie schnell wieder begraben. Das wäre ja mega-gefährlich. Aber jetzt, als sie liest, dass Vampire doch nicht unverletzlich und unsterblich sind und dass es noch wirksamere Mittel als Knoblauch gibt, um sich gegen sie zur Wehr zu setzen,

überkommt Lilli wieder die Abenteuerlust. Das ist echt nach ihrem Geschmack! In Wirklichkeit kann es ihr gar nicht gefährlich und spannend genug sein . . .
Der Gedanke an ein Vampirabenteuer arbeitet in ihrem Hinterkopf. Sicherheitshalber liest sie das Kapitel über Vampirabwehr noch einmal durch.
Spät am Abend, noch vor der Geisterstunde, steht Lillis Entschluss fest: Sie will echte Vampire sehen! Dort, wo sie zu

Hause sind: in Transsylvanien! Und sie hat auch schon eine Idee, wie sie dorthin kommt: natürlich mit ihrem Zaubertrick, den man in Magierkreisen auch den *Hexensprung* nennt. Damit sind Lilli schon die tollsten Zeitreisen gelungen – warum nicht auch in das unheimliche Transsylvanien?! Die Anleitung steht in ihrem Hexenbuch. Für den Hexensprung braucht sie einen Gegenstand aus der Zeit und von dem Ort, an den sie sich hexen will. Bei einigen ihrer Hexensprünge war das Besorgen dieses Gegenstandes eine echt knifflige Aufgabe. Zum Beispiel damals, als Lilli sich in die versunkene Welt von Atlantis hexen wollte. Oder bei ihrer Zeitreise zu den geheimnisvollen Mumiengräbern . . .
Aber Lilli hat immer eine Lösung gefunden. Und dann spannende Abenteuer

erster Klasse erlebt, ganz nach ihrem Geschmack!
Es klingt verrückt, aber ausgerechnet die fast unmöglich scheinende Zeitreise in die Halbwelt der Untoten nach Transsylvanien kann Lilli ganz leicht bewältigen: Sie hat nämlich einen *original* Vampirhandschuh!
Den hat Victor Vampir bei seinem Abschiedskampf, als es um Leons Wackelzahn ging, in Lillis Wohnung liegen gelassen. Natürlich hat Lilli ihn aufbewahrt und ist sehr stolz auf ihre Beute. Schade war nur, dass sie ihn niemandem zeigen konnte, schließlich wollte sie ja eine Geheimhexe bleiben. Aber für den Hexensprung ist er nun ungeheuer nützlich!
Also, die Sache mit dem Vampirhandschuh geht in Ordnung – aber was

braucht man noch alles für so eine Expedition ins Land der Untoten? Lilli schwingt sich auf ihren Schreibtischstuhl und zerrt ein Blatt Papier aus der obersten Schublade. Sie will sich eine Liste machen, was sie alles auf ihre Reise mitnehmen muss.

Sie notiert:

Kleiner Spiegel

Den braucht sie, um zu testen, ob sie wirklich einen Vampir vor sich hat. Sie weiß nämlich, dass Vampire kein Spiegelbild haben.

Knoblauch
Ein Halsband aus Knoblauch wird Lillis stärkster Schutz gegen Vampire sein. Natürlich kann man ein solches Halsband nicht kaufen. Lilli will frische Knoblauchzehen auf dem Markt besorgen und daraus das Halsband knüpfen.
Superstarke Taschenlampe
Vampire sind aus gutem Grund sehr lichtscheu. Wenn sie ein Sonnenstrahl trifft, lösen sie sich auf der Stelle in Staub auf. Darum bewegen sich Vampire nur in dunkler Nacht. Eine sehr helle Taschenlampe ist sicher nützlich, um sie aufzustöbern . . .
Holzpflock
Will man einen Vampir töten, so muss man ihm einen Holzpflock durch das Herz schlagen. Das geht natürlich nur am Tag, wenn er in seinem Sarg liegt und schläft. Lilli könnte so etwas nie im Leben

tun! Trotzdem möchte sie professionell aussehen, falls sie einem echten Vampirjäger begegnet. Und den Vampiren kann man mit den Dingern wenigstens einen gehörigen Schrecken einjagen. Lilli weiß, dass im Keller ein alter Besenstiel liegt. Den will sie in drei Teile zersägen, anspitzen und mitnehmen.

Sonnenbrille

Der Blick von manchen Vampiren soll so packend sein, dass sie Menschen damit regelrecht fesseln können. Das tun sie vor allem dann, wenn sie einen Menschen in der Dämmerung erwischen und ihn zwingen wollen, regungslos auszuharren, bis es tiefschwarze Nacht ist. Dann erst können sie nämlich ihre volle Kraft entwickeln und erbarmungslos zuschlagen. Ob eine starke Sonnenbrille vor den magischen Vampiraugen schützen kann? Darüber hat Lilli nichts gelesen, aber falls es klappt, hätte Lilli einen echten Vampirtrick erfunden ...

Wachskügelchen

Kleine Kügelchen aus Wachs will Lilli mitnehmen, um sie sich in die Ohren zu stopfen. Sie hat nämlich gelesen, dass die Vampire einen schrecklichen Todesschrei ausstoßen, wenn sie endgültig sterben. Dieser Schrei klingt so furchtbar, dass manche Vampirjäger beim Töten eines Vampirs davon einen Herzschlag erlitten haben. Lilli hat zwar nicht die Absicht, einen Vampir zu töten, will aber für alle Fälle gut gerüstet sein.

Schwimmweste

Erst im vergangenen Jahrhundert hat der berühmte Vampirforscher Professor H. Quallenfuß herausgefunden, dass Vampire nicht über Wasser fliegen können. Selbst dann nicht, wenn sie sich in Fledermäuse verwandelt haben. Aus diesem Grund will Lilli eine Schwimmweste mitnehmen. Vielleicht muss sie sich ja vor einem Vampir ins Wasser flüchten. Sie ist zwar eine gute Schwimmerin, aber wer weiß, wie lange die Flucht dauert.

Fernglas

Ein Fernglas ist sicher gut, um Vampire zu beobachten, wenn man ihnen nicht zu nahe kommen will.

Verkleidung

Keine Frage, als was Lilli sich verkleiden wird! Die passenden Vampirzähne aus Plastik kann sie jetzt im Februar problemlos bei den Karnevalsartikeln im Warenhaus kaufen. Ihrer Tante will Lilli ein altes Regencape abschwätzen. Der dunkelgrüne, ärmellose Umhang ist zwar eigentlich als Regenschutz fürs Fahrradfahren gedacht, macht sich aber bestimmt als Vampirumhang ausgezeichnet. Da Lilli nicht weiß, was sie in Transsylvanien erwartet, ist sie sogar für zwei Verkleidungen vorbereitet. Mit Vampirzähnen, weiß geschminktem Gesicht und zusammengebundenen Haaren als Vam-

pir. Ohne todesbleiche Schminke, aber, mit der dunklen Sonnenbrille auf der Nase und der Regenkapuze tief ins Gesicht gezogen, als cooler Vampirjäger.

Passende Zaubertricks
Vampire sind zwar keine Zauberer, aber sie beherrschen doch einige magische Tricks, die sicherlich ins Reich der Zauberei gehören. So können sie zum Beispiel das Wetter verändern oder sich in Fledermäuse verwandeln. Lilli sucht sich aus ihrem geheimen Zauberbuch einige Tricks heraus, die zu Vampiren passen würden, und schreibt sie auf. Sie hat keine Ahnung, wann und wie sie die Tricks anwenden soll, aber ihr Reiseziel ist so gruselig und unbekannt, dass sie nichts unversucht lassen will, um vor den Untoten sicher zu sein . . .

Die nächsten Nachmittage verbringt Lilli mit Lesen von Vampirbüchern und erledigt die Besorgungen von ihrer Liste. Es ist nicht schwer, an alles Notwendige heranzukommen. Beim Punkt »Sonnenbrille« angekommen, hält sie kurz inne. Soll sie die neue coole mitnehmen oder die alte robuste? Lilli überlegt nicht lange und packt beide ein. Lediglich eine Schwimmweste hat Lilli nicht auftreiben können. Sie nimmt stattdessen Leons Schwimmflügel mit. Die sind zwar nur eine Schwimmhilfe, aber besser als gar nichts. Bald liegt ihre komplette Ausrüstung für die gefährliche Reise bereit. In der Nacht von Samstag auf Sonntag soll das Grusel-Abenteuer starten. Lilli kann es kaum erwarten . . .

Endlich Samstagabend! Lilli sitzt auf ihrem Bett und hört, wie Mama Leon eine Gutenachtgeschichte vorliest. Lilli zieht genervt die Augenbrauen hoch. Sie kennt die Geschichte – Leon auch, er

bekommt sie mindestens zum zehnten Mal vorgelesen. So was Langweiliges. Lilli blättert in einem ihrer spannenden Vampirbücher. Bei manchen Textstellen bekommt sie jetzt noch eine Gänsehaut, obwohl sie diese schon so oft gelesen hat. Und dann die gruseligen Bilder . . . Wenn die beiden doch nur endlich schlafen gehen würden!
Lilli horcht. Jetzt hört sie Leons Stimme. Er quengelt und will die Geschichte noch ein elftes Mal hören. Puh! Endlich hört Lilli die erlösenden Worte: »Jetzt ist aber Schluss! Gute Nacht, schlaf gut und träum was Schönes!«
Schnell knipst Lilli das Licht aus und zieht die Bettdecke über den Kopf. Wenig später steht Mama in der Tür.
»Lilli? Schläfst du schon?«, flüstert sie.
Lilli dreht sich knurrend im Bett um.

»Gute Nacht, mein Schatz«, flüstert Mama noch leiser und schließt behutsam Lillis Zimmertür.
Lilli hofft, dass heute *Die lustigen Volksmusikanten* im Fernsehen laufen – oder sonst was Langweiliges, damit Mama schnell ins Bett geht. Lilli lauscht. Glück gehabt! Schon ist Mama im Bad verschwunden, und wenig später zieht sie ihre Schlafzimmertür hinter sich zu.

Jetzt wird sie lesen. Hoffentlich so eine langweilige Liebesschnulze, damit sie schnell einschläft und Lilli endlich wegkann. Lilli muss warten und blickt gedankenverloren aus dem Fenster. Sie hat die Rollläden in ihrem Zimmer nicht heruntergelassen. Es ist Vollmond. Lilli schaut zu, wie die Wolken am Mond vorbeiziehen. In Gedanken werden die Wolken zu Vampiren in Fledermausgestalt. Ein schöner gruseliger Schauer läuft ihr den Rücken hinunter.
So vergeht die Zeit. Irgendwann steht Lilli auf, schleicht sich aus dem Zimmer und horcht an Mamas Zimmertür. Mama scheint zu schlafen, denn durch das Schlüsselloch sieht Lilli, dass das Licht im Schlafzimmer gelöscht ist. Alles klar! Zurück in ihrem Zimmer setzt sie sich den Rucksack mit ihrer Abenteueraus-

rüstung auf und steckt ihr Stoffmäuschen in die Hosentasche. Das ist ungeheuer wichtig, denn ohne das Stoffmäuschen ist die Rückreise mit dem Hexensprung in die richtige Zeit nicht möglich. Dann nimmt sie den Vampirhandschuh, der sie nach Transsylvanien bringen soll. Wie muffig der riecht! Als hätte er ewig in einem feuchten Steingrab gelegen. Ein letzter Blick auf ihre Ausrüstung, ob sie auch nichts vergessen hat, dann legt sie zur Sicherheit das Knoblauchhalsband um. Das muss sein, vielleicht landet sie ja direkt einem Vampir vor der Nase. Der strenge Geruch treibt ihr fast die Tränen in die Augen.

»Bei dem Gestank wird mir keiner zu nahe kommen, egal, ob Vampir oder nicht«, flüstert Lilli und stellt zuletzt die Weckfunktion an ihrer Armbanduhr ein, damit

sie an ihre pünktliche Rückreise erinnert wird. Sie hat sich die Samstagnacht für ihre Reise ausgewählt, weil sie am Sonntag schulfrei hat und nicht so früh aufstehen muss. Trotzdem muss sie natürlich zurück sein, bevor Mama und Leon wach sind.
Lilli atmet noch einmal tief durch, dann drückt sie – genau nach Vorschrift – den weißen Handschuh, der das Reiseziel vorgibt, ans Herz. Den passenden Zauberspruch für den Hexensprung kennt sie längst auswendig.
Los geht's! Sie schließt die Augen und spürt, wie sie sanft aus dem Zimmer schwebt . . .

2. Kapitel

Der Flug im Hexensprung bleibt nicht lange so sanft. Lilli fühlt, wie sie von brausenden Stürmen erfasst wird. Sie wird auf und ab geschleudert. Ihre Haare flattern im Fahrtwind. Es ist feucht und kalt. Für einen Moment wagt sie, die Augen zu öffnen: nichts als tiefes Schwarz um sie herum. Endlich spürt sie festen Boden unter ihren Füßen, und der Wind zerrt nicht mehr an ihren Kleidern. Lilli schlägt die Augen auf: Boah!
Sie ist im Innenhof eines Schlosses gelandet, aber sie traut ihren Augen kaum: Was für ein Schloss! An den vier Ecken stehen mächtige Türme, von denen aus man sicher einen weiten Blick ins Land hat. Gäbe es dazwischen nicht die zahlreichen Erker und winzigen Spitztürmchen, würde man eher an eine Burg denken. Aber hier ist alles reich verziert, auch die dunklen Mauern

im Inneren des Hofes. Als Lilli genauer hinsieht, bemerkt sie, dass in den Stein rätselhafte Symbole und Zeichen gemeißelt sind, die nur auf den ersten Blick wie verspielte Verzierungen aussehen. Es sind teuflische Symbole und böse Fratzen.

»Ein magisches Schloss«, flüstert Lilli ehrfürchtig. Die hohen Mauern werfen lange Schatten. Merkwürdig. Lilli hatte erwartet, im Mondschein zu landen. »Wahrscheinlich gehen hier die Uhren anders«, überlegt Lilli laut. Aus dem tiefen Stand der Sonne schließt sie, dass es sehr später Nachmittag sein muss. Sie weiß, dass sie vor Sonnenuntergang auch keine Vampire antreffen wird. Darüber ist sie erleichtert und ein bisschen enttäuscht zugleich. Schließlich ist sie gekommen, um leibhaftige Vampire zu treffen. Andererseits bleibt ihr dafür ja noch genug Zeit, denn ehe sie zurückmuss, wird die Sonne sicherlich untergegangen sein. Sie beschließt, die gewonnene Zeit zu nutzen, um das Schloss zu erkunden. Tatendurstig blickt sie sich um. Natürlich ist kein Mensch zu sehen – schließlich ist Lilli in einem echten Vampirschloss gelandet.

»Um diese Tageszeit werden sie wohl noch in ihren Särgen schlafen. Da nutz ich doch die Gelegenheit, mir das gruselige Zuhause dieser Nachtgestalten anzusehen«, sagt Lilli und blickt sich um. Das prächtige Eingangsportal steht weit offen. Lilli zögert. Die Tür erscheint ihr geradezu einladend weit geöffnet. Vielleicht eine Falle? Nicht weit vom Haupteingang scheinen zwei kleinere Türen ebenfalls ins Innere des Schlosses zu führen. Lilli wählt sicherheitshalber einen dieser Nebeneingänge.

»Glasauge, sei wachsam«, murmelt sie und schreitet mutig voran. Aber still! Weint da nicht jemand? Lilli horcht. Ihr ist, als hätte sie von irgendwoher ein leises Jammern gehört. Jetzt ist es wieder ganz ruhig. Eigenartig. Aus dem Inneren des Schlosses weht ihr ein kühler Hauch entgegen. Lilli schaudert und bekommt eine Gänsehaut.

»Im Gebirge ist es immer etwas kühl«, murmelt sie leise, um sich Mut zu machen, und tritt in einen Raum, der nach verbranntem Holz riecht. Lilli sieht zwei offene Kamine, in denen noch die Reste verbrannter Holzkohle liegen. Daneben entdeckt sie einen riesigen Blasebalg und einen Amboss. Auf den Regalen rechts und links der Kamine herrscht ein riesiges Durcheinander. Hier stapeln sich Schwerter, Pferdegeschirr, aber auch fremdartige Gerätschaften aus Metall. Lilli entdeckt kunstvoll geschmiedete Kerzenleuchter und eigenartige eiserne Masken, viel zu fein gearbeitet, als dass sie als Ritterrüstung taugen würden. Wozu diese Gesichtsmasken wohl benutzt wurden? Merkwürdig.

»Das muss die Schlossschmiede sein!«, sagt Lilli halb laut und will gerade die geheimnisvollen Masken untersuchen, als sie an der Stirnseite des Raumes eine massive Eichentür entdeckt, die einen niedrigen Gang freigibt. Gerade hoch genug, dass Lilli aufrecht darin laufen könnte. Ein Erwachsener müsste sicherlich gebückt gehen. Ein Geheimgang? Lilli zögert keine Minute. Vorwärts! Sie wird es herausfinden. Der Gang führt ins Dunkle, aber zum Glück hat

Lilli ja eine Taschenlampe mitgebracht! Schon nach wenigen Metern bleibt sie stehen, um sie aus ihrem Rucksack zu kramen. Aber noch bevor sie die Lampe gefunden hat, fällt dröhnend hinter ihr die Tür ins Schloss. Lilli fährt geschockt herum. Es ist stockfinster, und ihr rutscht das Herz in die Hose. Aber genau in diesem Moment flammt neben ihr eine Pechfackel auf. Fast hätte Lilli sich die Haare verbrannt! Sie erschrickt fast zu Tode. Die Fackel ist in einem einfachen Halter an der Wand befestigt. Wer hat die Fackel angezündet? Niemand ist zu sehen! Lilli geht wie hypnotisiert weiter, so aus der Fassung, dass sie vergisst zu kontrollieren, ob sich die Tür von innen wieder öffnen lässt. Der Schein der Fackel erleuchtet den Gang gut zwanzig, dreißig Meter weit. Trotzdem lässt Lilli ihre Taschenlampe aufleuchten. Aber auch

ihr Strahl reicht nicht viel weiter. Offensichtlich macht der Gang in einiger Entfernung einen Knick.
»Wenigstens bis dahin«, sagt Lilli und läuft vorsichtig, aber zielstrebig los. Sie folgt dem Lichtkegel ihrer Lampe. Kaum hat sie die Biegung erreicht, flammt wieder eine Pechfackel kurz vor ihr auf. Lilli blickt sich um. Die Fackel hinter ihr ist erloschen. Seltsam. Lilli leuchtet voraus. Der Strahl ihrer Taschenlampe scheint sich im Dunkel zu verlieren. Oder trifft er ganz am Ende auf eine Tür? Lilli ist sich nicht sicher. Die Entfernung ist zu groß.
»Seit wann bist du ein Angsthase, du Pfeffernase!«, sagt Lilli zu sich selbst, streckt sich selbst und ihrer Angst die Zunge raus und setzt sich in Bewegung, den Blick starr auf den Leuchtpunkt gerichtet. Nach circa dreißig Schritten flammt

wieder eine Pechfackel direkt vor ihr auf. Diesmal war Lilli schon darauf gefasst. Wieder ist das Licht von selbst angegangen und die Fackel hinter ihr erloschen.

»Würde sagen, hier spukt es!«, stellt Lilli fest. »Aber ein praktischer Spuk. Haben es echt drauf, die Vampire! Kein Geheimgang, sondern ein Fackelzaubergang!« Wenig später erreicht sie die Tür am Ende des Ganges. Gerade will sie die Klinke drücken, da öffnet sich die Tür knarzend wie von Geisterhand. Lilli schreitet ehrfurchtsvoll hindurch und – die Tür schließt sich von allein. Damit hat Lilli gerechnet, trotzdem staunt sie nicht schlecht, als sie sieht, dass die Tür, von dieser Seite aus betrachtet, ein Bücherregal ist.

»Also doch ein Geheimgang!«, flüstert Lilli und atmet tief durch. Offenbar ist sie jetzt im Haupttrakt des Schlosses angekommen, denn dieser Raum ist zwar völlig verstaubt und mit Spinnennetzen zugewoben, aber prächtig ausgestattet. Ihre

Taschenlampe braucht Lilli hier nicht – durch die verstaubten Scheiben fällt gedämpftes Abendlicht. Sie steckt sie zurück in den Rucksack, zieht einen Holzpflock heraus und umklammert ihn wie einen Dolch. So bewaffnet will sie das Schloss weiter erkunden. Vorsichtig durchschreitet sie den Raum. Die Holzdielen knarren unter ihren Schuhen und machen ein leises Schleichen unmöglich. Mist! Lilli hält an und überlegt. Was – wenn man sie hört? Aber wer sollte sie hören? Die Vampire? Aber nein! Keine Gefahr, solange die Sonne nicht untergegangen ist. Also weiter!
Noch entschlossener umklammert Lilli den hölzernen Todesdolch und will sich gerade wieder in Bewegung setzen, da vernimmt sie wieder dieses jämmerliche Weinen. Ein Schluchzen, kaum hörbar,

aber so erbärmlich und mitleiderregend, dass es Lilli durch Mark und Bein geht. Es kam irgendwo aus dem Schloss.

»Bestimmt nur ein Gruseltrick, um mir Angst einzujagen«, sagt Lilli laut. Sie lässt sich nicht ins Bockshorn jagen. Unbeirrt stapft sie auf die kunstvoll geschnitzte Tür zu. Und schon betritt Lilli einen Raum, der sie staunen lässt – offensichtlich ein Schlafzimmer. In der Mitte steht ein riesiges Bett, das von dunkelroten Samtvorhängen eingerahmt ist.

»Ein echtes Himmelbett«, stammelt Lilli, dann lacht sie: »Hier, in diesem Gruselschloss, müsste das Himmelbett eigentlich Höllenbett heißen!« Mitten im Kichern hält sie inne. Was war das? Kam da nicht ein Geräusch aus dem Bett? Lilli wagt kaum zu atmen. Sie horcht angestrengt. Aber da ist nur das Pochen ihres eigenen Herzens, das man immer dann zu hören glaubt, wenn man sehr aufgeregt ist. Lilli wagt sich weiter vor. Aber nicht etwa, um aus dem Zimmer herauszukommen. Nein! Obwohl alles in Lilli schreit: »Hau ab!«, und: »Vorsicht! Bleib weg!«, treibt sie irgendetwas direkt auf das Bett zu. Lilli kann nicht anders – sie *muss* einfach hinter den zugezogenen Vorhang schauen. Sie *will* wissen, ob das Geräusch aus dem Bett kam. Jetzt ist sie nahe genug dran, um den Vorhang fassen zu können. Lilli holt tief Luft, will mit einem Ruck den Samt zur Seite reißen und nur einen Blick riskieren. Kaum hat sie den Stoff berührt – da zerfällt der ge-

samte Vorhang vor ihren Augen zu Staub. Und noch bevor das letzte Staubkorn zu Boden gerieselt ist, sieht Lilli es direkt vor sich:

Ein Totengerippe liegt im Bett, und als ob dieser Anblick allein nicht schon schrecklich genug wäre, hat das Skelett genau an der Stelle, wo sich einmal das Herz befand, einen hölzernen Pflock im knöchernen Brustkasten stecken! Lilli spürt, wie ihre Kehle trocken wird. Wäre es jetzt nicht an der Zeit, sich schleunigst nach Hause zu zaubern? Lilli wägt ab – und ahnt nicht, dass die Vampire bereits ihre dunkle Macht über sie ausüben. Allein durch ihre Nähe haben die Untoten Lilli scheinbar schon in ihren Bann gezogen. Lilli schiebt jeglichen gesunden

Zweifel an dem gefährlichen Vorhaben beiseite. Sie *muss* die Vampire unbedingt mit eigenen Augen sehen. Ganz egal, wie groß die Gefahr auch ist. Ob es nur die unheimliche Macht der Vampire ist oder etwa Lillis unbändige Abenteuerlust? Egal! Lilli will Vampire sehen!

Nachdem Lilli das Schlafzimmer verlassen und einige lange Flure durchschritten hat, betritt sie einen großen Festsaal. Auch hier herrschen wieder Chaos und Unordnung.

»Ich wusste gar nicht, dass ich ein Vampir bin«, sagt Lilli und kichert. »Offensichtlich mögen die Vampire das Aufräumen nicht – genau wie ich!« Lilli durchquert den Saal. Ihre Schritte hallen geheimnisvoll nach und tönen in dieser steinernen Umgebung so laut, dass Lilli das leise Flattern, das sie, seit sie im

Schloss ist, verfolgt – gar nicht wahrnimmt. Schneller und schneller schreitet Lilli voran. Ihre Gefühle sind beherrscht von einer Mischung aus Angst und Übermut. Ein einziger Gedanke treibt sie weiter vorwärts: Sie will nicht eher nach Hause zurück, bis sie einen leibhaftigen Vampir mit eigenen Augen gesehen hat! Das hat sie sich vorgenommen, und davon bringt sie auch kein Totengerippe und kein noch so gruseliges Vampirschloss ab. Trotzdem hält Lilli einen Moment inne. Wenn alle Informationen, die sie über Vampire hat, richtig sind, müssten die Blutsauger um diese Tageszeit in ihren Särgen liegen und schlafen. Um diese Zeit ist es ziemlich ungefährlich – ähem, zumindest etwas ungefährlicher –, einen Blick auf sie zu werfen, denn selbst wenn sie außerplanmäßig aufwachen,

könnte Lilli sich vor ihnen ans Tageslicht flüchten. Lilli überlegt weiter: Vampire fürchten das Licht mehr als alles andere – folglich werden ihre Särge im Keller stehen. Sie beißt die Zähne aufeinander und prüft den Sitz ihres Knoblauchhalsbandes. Dann holt sie ihr Stoffmäuschen aus der Hosentasche. Falls es ganz brenzlig wird, kann sie sich ja damit ganz schnell zurück in ihr Zimmer hexen. Das Mäuschen fest umklammert in ihrer Linken und den Holzpflock in der Rechten, stapft sie vorwärts. Sie sucht die Kellertreppe. Und sie ahnt immer noch nicht, dass sie schon die ganze Zeit verfolgt wird. Vier Augen sind argwöhnisch auf sie gerichtet ...
Jetzt hat Lilli die Treppe gefunden und steigt hinab. Sie schnuppert. Ihh, riecht das muffig hier. Der Gestank wird muffiger, je tiefer sie kommt. Und dunkler wird

es auch. Lilli wagt nicht, ihre Taschenlampe zu benutzen. Sie möchte unentdeckt bleiben, um wenigstens den Vorteil der Überraschung auf ihrer Seite zu haben. Im spärlichen Licht erkennt sie eine halb offen stehende Kellertüre vor sich. Leider ist sie nicht weit genug geöffnet, dass Lilli einfach hindurchschlüpfen könnte. Sie schaut sich um. Hinter sich die Treppe, vor sich die Tür. Wenn sie weiterwill, gibt es nur diesen einen Weg. Vorsichtig wagt sie es, die Tür weiter aufzustoßen. Ein furchtbares Knarren zerfetzt die Stille. Lilli gefriert das Blut in den Adern, sie

steht stocksteif! Dann grinst sie. Das war ja besser als auf ihrer Hörspielkassette! Sie lauscht, ob sie irgendwen aufgeschreckt hat. Stille. Nichts. Oder doch? Was war das? Es klang wie ein Flattern von Flügelschlägen. Das Geräusch kam aber nicht aus dem Raum vor ihr, sondern von oben. Lilli dreht sich erschrocken um und blickt die Kellertreppe hoch. Nichts Auffälliges. Lilli horcht. Hat sie sich verhört oder ist dort, vielleicht ein Vogel geflogen? Wenn dort oben jetzt Vampire wären, säße sie in der Falle.

Aber nein, beruhigt sie sich. Dort oben ist

es ja hell. Also weiter. Das Mäuschen immer noch fest umklammert, wagt sie sich weiter vor, bis sie den Raum ganz einsehen kann. WAHNSINN!

Dort stehen mindestens zehn Särge. Einer ist auffällig klein. Lilli wäre nicht Lilli, wenn sie jetzt nicht auch den letzten Schritt wagen würde. Sie tritt an den kleinen Sarg heran und schiebt vorsichtig . . .

»Halt!«, hört sie sich selbst flüstern. Wie konnte sie das vergessen! Vampire schlafen mit offenen Augen. Selbst der Blick eines schlafenden Vampirs ist imstande, einen Menschen mit den Augen zu fesseln. Die Sonnenbrille! Lilli nestelt ihre coole, neue Sonnenbrille aus dem Rucksack und setzt sie auf die Nase. Weiter. Jetzt den Deckel! Lilli hebt ihn etwas an, sodass sie ihn geräuschlos beiseite schaffen kann. Und was sie dann

sieht, versetzt sie nicht einmal in Erstaunen. Im Sarg schläft Victor, das Vampirkind, das Lilli sogar schon einmal aus Versehen in ihr Zimmer gehext hat. Ihn fürchtet sie nicht, mit ihm wird sie schon fertig werden. Er verfügt sicher noch nicht über die Kräfte eines ausgewachsenen Vampirs. Komisch sieht das aus, wie er so schlafend daliegt und nur *einen* weißen Handschuh trägt. Fast hätte Lilli gelacht, als sie ihm ihr Beutestück in den Sarg legt. Während sie den Sargdeckel wieder zurückschiebt, flüstert sie: »Der wird sich beim Aufwachen wundern, wo sein verlorener Handschuh plötzlich herkommt.«

Durch die gelungene Aktion hat Lilli Mut gefasst, sich jetzt einen richtig gefährlichen Vampir anzuschauen. Sie sucht den größten Sarg aus und schleicht sich mit großen Schritten an. Als sie ihn erreicht hat, hält sie kurz inne und stopft sich die Wachskügelchen ins Ohr. Sie muss zwar keinen Todesschrei fürchten, weil sie den Vampir nicht töten will, aber sicher ist sicher. Dann holt sie noch zusätzlich ihre zweite Sonnenbrille aus dem Rucksack und setzt sie auf. Bevor sie den Deckel anhebt, schaut sie noch einmal hinter sich, um sicher zu sein, dass der Fluchtweg ins Licht frei ist. Alles klar – denkt Lilli. Aber sie hätte beim prüfenden Blick besser nicht vergessen sollen, die Sonnenbrillen abzunehmen, dann hätte sie nämlich bestimmt den Schatten gesehen, der da an der Kellertüre vorbeihuschte . . .

Vorsichtig hebt Lilli den Sargdeckel an, um ihn zur Seite zu schieben. Aber dieser Deckel ist viel schwerer als der vorhin. Lilli muss mit aller Kraft schieben und drücken. Um beide Hände freizuhaben, klemmt sie ihr Stoffmäuschen zwischen die Zähne. Fast hat sie es geschafft. Nur noch ein kleines Stück! Und dann pas-

siert es: Der Deckel rutscht ihr aus der Hand und poltert krachend auf den Boden. Starr vor Schreck, blickt Lilli in die furchtbaren Augen eines alten Vampirs. Sie ist nicht imstande, den Blick von ihm abzuwenden. Unbeschreiblich, diese schrecklichen kalten und doch glühenden Augen. Haben sie sich nicht sogar bewegt? Lilli ist wie steif gefroren. Kalter Angstschweiß glitzert auf ihrer Stirn. Sie denkt an den Holzpflock, den ein Profivampirjäger jetzt durch das Herz des Vampirs hämmern müsste. Doch sie kann sich nicht rühren. Stumm steht sie da. Selbst mit dem Schutz der zwei Sonnenbrillen fühlt sie sich von dem Vampirblick durchbohrt. Da! Jetzt ist Lilli sich sicher, dass seine Augen sich bewegt haben. Klar, der Untote ist durch den polternden Sargdeckel aufgeweckt worden. Zur Flucht unfähig, sieht Lilli, wie sich der Oberkörper des Vampirs in Zeitlupentempo aufrichtet.

Knarrend und ächzend wie ein altes, rostiges Taschenmesser, klappt er hoch. Lilli will schreien, reißt auch den Mund auf, bringt aber keinen Ton heraus. Der Vampir dreht mit einem Ruck seinen Kopf näher in ihre Richtung und streckt schon seine knochigen Hände nach ihr aus. Aber plötzlich verzieht er angewidert sein Gesicht zu einer Fratze, als hätte er in eine verschimmelte Zitrone gebissen.
»Knoblauch . . .«, röchelt er.
Wie gut, dass Lilli diese knarrende Stimme nicht hören kann, aber sie kann das Wort von seinen blutleeren Lippen ablesen. Damit gewinnt sie auch ihr Selbstvertrauen zurück. Dieser geschniegelte Gruftheini ist nicht unverwundbar! Vom Knoblauchgestank abgeschreckt, hat der Vampir für einen Moment seinen fesselnden Blick von Lilli genommen. Diesen

Bruchteil von Unachtsamkeit nutzt Lilli aus. Schon stürmt sie aus dem Gruftraum. Schnell die Treppe hinauf ans Tageslicht. Weiter! Die Gänge wollen kein Ende nehmen. Ob der Vampir hinter ihr herjagt? Lilli wagt nicht, sich umzuschauen. Völlig außer Atem, erreicht sie schließlich den Innenhof. Hier im Licht fühlt sie sich sicher, und erst jetzt hockt sie sich hin, um Atem zu schöpfen. Die Sonnenbrillen sind ihr bei der panischen Flucht heruntergefallen. Egal, sie ist im rettenden Tageslicht! Die Sonne steht inzwischen zwar schon sehr tief, aber sie ist noch nicht untergegangen. Lilli weiß, dass sie bis zum Sonnenuntergang noch

etwas Zeit hat. Sie will sich auf jeden Fall vorher zurückhexen. Immer noch ringt sie nach Luft.
Wenn die Wachspfropfen nicht noch in ihren Ohren wären, würde sie sicherlich die beiden Fledermäuse hören, die soeben dicht hinter ihrem Rücken landen . . .

3. Kapitel

Noch während Lilli im Schlosshof sitzt und den riesigen Schrecken im Gruselkeller verdaut, wundert sie sich, wie still es hier draußen geworden ist. Bis ihr einfällt, dass sie ja noch immer die Ohren verstopft hat. Kaum hat sie die Wachspfropfen herausgepult, hört sie hinter sich feine Stimmen. Rasch fährt sie herum, und beim Anblick der beiden Fledermäuse beginnt ihr Puls erneut zu rasen. Fledermäuse! Auch das noch! Und so nah, dass eine Flucht für Lilli aussichtslos scheint. Fassungslos vor Schreck stottert sie: »Ich

denke, ihr könnt nicht . . . ich meine . . . das geht doch nicht . . . ihr sitzt doch . . .!«

»Du hast recht! Wir sitzen schlecht!«

»Wir hängen lieber!«, fügt die andere Fledermaus hinzu.

Lilli versteht nicht. Sie ist total überrascht.

»Ja, aber . . . also . . .«, stammelt sie. »Ihr, ihr sitzt doch im Tageslicht!«

»Schlimm genug!«, wettert die größere der beiden.

»Weil du uns aus dem Schlaf gerissen hast!«, schimpft die andere.
Lilli traut ihren Augen nicht. Diese Vampire in Fledermausgestalt können im Sonnenlicht weiterleben! Was ist hier los? In Lillis Vampirbüchern stand doch eindeutig, dass Tageslicht für Vampire absolut tödlich ist! Taugen die Bücher nichts? Sind sie falsch ? Eine der Fledermäuse reißt Lilli aus ihren Überlegungen: »Haben sie dich aus Beutelsbach geschickt?«
»Geschickt? Beutelsbach?« Lilli versteht nur Bahnhof.
Die Fledermäuse ignorieren Lillis verständnisloses Gesicht, und eine sagt: »Viel Erfolg hast du ja nicht gehabt. Aber Mut! Einfach so mir nichts, dir nichts in die Gruft zu gehen und ausgerechnet Graf Draculas Sarg zu öffnen!«

»Graf Dracula . . .«, wiederholt Lilli tonlos. Sie versteht immer noch nicht recht.
»Bist mit Sicherheit das erste Kind, das es wagt, den Fürsten der Finsternis zu wecken! Mit Sicherheit!«, plappert die erste Fledermaus weiter.
»Und mit Sicherheit der erste Mensch überhaupt, der seinem packenden Blick entkommen ist!«, fügt die zweite hinzu.
»Moment«, sagt Lilli. »Seid ihr denn keine . . .«
»Vampire?!«, rufen beide Fledermäuse gleichzeitig. »Als ob alle Fledermäuse Vampire wären . . .« Sie schütteln sich vor Lachen, und das sieht bei den knochigen Wesen wirklich komisch aus. Aber Lilli ist überhaupt nicht nach Lachen zumute. Wie bösartig diese Vampire sind. Wollen ihren Spaß haben. Machen sich noch erst über das Opfer lus-

tig, bevor sie es aussaugen. Andererseits: Eigentlich sehen die beiden ganz harmlos aus. Ist das nur ein heimtückischer Trick, oder sollten dies am Ende zwei wirklich ganz normale Fledermäuse sein? Moment! Ohne die zwei aus den Augen zu lassen, kramt Lilli ihren kleinen Spiegel aus dem Rucksack und hält ihn den beiden vor die Nase. Erleichterung! Lilli kann durchatmen, denn die

zwei geben ein klares Spiegelbild ab. Sie sind also garantiert keine Untoten.
»Typisch Bürger aus Beutelsbach!«, ereifert sich die kleinere Fledermaus.
»Was ist mit den Leuten aus Beutelsbach?«, will Lilli wissen.
»Na, die machen auch aus jeder Fledermaus einen Vampir – bloß weil beide gerne Blut saugen!«, erklärt die große Fledermaus, und die kleine fügt hinzu: »Und aus jeder Mücke machen sie einen Elefanten – bloß weil beide einen Rüssel haben!« Wieder schütteln sich die beiden vor Lachen über ihren eigenen Witz. Kaum haben sie sich beruhigt, da horcht Lilli auf, denn gerade ist da wieder dieses jämmerliche Wimmern zu hören.

»Habt ihr eine Ahnung, was das ist?«, fragt sie.
»Klar, das ist Draculas Blutvorrat, den er sich hält. Ein paar Leute aus Beutelsbach. Ihr Jammern wird von Tag zu Tag schwächer. Werden es wohl nicht mehr lange machen.«
»Was soll das heißen?« Lilli stellt sich dumm. Obwohl ihre Fantasie sehr wohl ausreicht, um sich auszumalen, wovon die beiden Fledermäuse da sprechen. Aber es will einfach nicht in ihren Kopf.
»Komm mit!«, sagt die große Fledermaus knapp und fliegt voraus. Quer über den Hof flattert sie auf eine der offen stehenden Seitentüren zu. In ihrem Eifer vergisst Lilli sogar, vorsichtig zu sein, und

folgt der Fledermaus geradewegs. Weiter geht es durch einen langen Gang, der immer enger wird und zu einer vergitterten Kerkerzelle führt. Die Fledermäuse hatten recht: Vier Kinder und zwei Erwachsene liegen dort auf dem feuchten Steinboden. Sie sind so geschwächt, dass sie nicht einmal Freude zeigen können, als Lilli ihnen zuruft, dass sie gekommen ist, um sie zu befreien. Nur das Mädchen mit dicken Zöpfen und einem altmodischen, langen Kleid wimmert: »Hilf uns, oder wir sind in der Ewigkeit verloren.« Lilli holt ihr Notizbuch aus der Tasche. Im schwachen Licht kann sie die Zaubersprüche, die sie sich für die Reise notiert hat, kaum lesen.

Aber den »Öffnen-Zauber« kann sie sich doch zusammenreimen, weil sie ihn schon einmal in ihrem Zimmer ausprobiert hat. Damals allerdings mit komischen Folgen, weil sich durch ihre Hexerei wirklich alle Verbindungen im Zimmer öffneten. Schränke und Stühle fielen auseinander, weil der Leim sich löste.* Lilli schmunzelt bei dem Gedanken daran, wie ihre Kinderzimmertür aus dem Rahmen fiel, und sagt zu sich selbst: »Falls es diesmal genauso käme, wär's nicht schlecht!«

Schon murmelt sie den magischen Spruch, und die schwere Eisentür springt auf – leider rutscht auch gleichzeitig Lillis Hose herunter. Lilli bekommt einen roten Kopf, zieht sie schnell wieder hoch und

* Nachzulesen in dem Buch »Hexe Lilli und das Geheimnis der versunkenen Welt«.

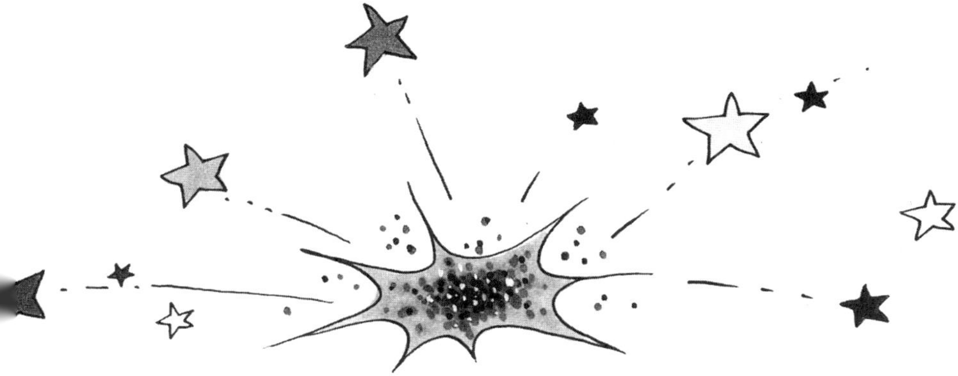

knöpft sie zu. Kurz darauf hat Lilli die ganze Gruppe hinaus ins Tageslicht geführt.
Klar, dass Lilli ihre Pläne ändert! Eigentlich wollte sie sich jetzt zurückzaubern, weil sie ja ihr Ziel erreicht hat: Sie hat echte Vampire gesehen! Aber diesen Leuten muss geholfen werden.
Völlig geschwächt, mit blutleeren Gesichtern kauern sie da. Wer weiß, wie viele Nächte ihnen die Vampire schon das Blut aus den Körpern gesaugt haben . . .
Lilli macht die Spiegelprobe, um sicherzugehen, dass die Opfer nicht schon selber zu Vampiren geworden sind. Aber bis

auf das kleine Mädchen geben alle noch ein recht ordentliches Spiegelbild ab. Das Abbild des Mädchens ist allerdings schon so blass, dass es kaum noch zu erkennen ist! Ob sie jemals wieder zu Kräften kommen wird? Ob sie noch zu retten ist? Lilli streicht der Kleinen über den Kopf und sagt aufmunternd: »Das kriegen wir schon wieder hin!«

Die Armen sind alle zu schwach, sich aus eigener Kraft in Sicherheit zu bringen. Und Eile ist geboten, denn inzwischen steht die Sonne schon sehr tief!

»Ich muss sie nach Beutelsbach bringen!«, sagt Lilli laut. Dann will sie von den Fledermäusen wissen: »Ist es weit dorthin – wie ist die Busverbindung?«

»Bus?«, fragen die Fledermäuse verständnislos.

»Ich meine, äh, wann kommt die nächste Kutsche?«, verbessert sich Lilli, die in ihrer Aufregung vergaß, dass sie ja eine Zeitreise in die Vergangenheit gemacht hat.

»Die Karosse musst du schon selber lenken. Graf Dracula hat den Kutscher und den Rittmeister so lange ausgesaugt, bis sie selbst zu Vampiren wurden. Ihre Kutsche steht aber noch neben dem Hoftor in der Remise.«

Lilli weiß zwar nicht, was eine Remise ist, aber schon ist sie unterwegs in die angegebene Richtung. In einem Stall findet sie Pferde und eine Kutsche. Wie gut, dass sie ihrer Freundin Mona oft auf dem Ponyhof geholfen hat! Trotzdem dauert es eine ganze Weile, bis sie zwei Rappen in die pechschwarze Kutsche eingespannt hat. Endlich ist auch das geschafft, die Sonne geht bereits unter. Eilig hilft Lilli den ausgemergelten Leuten in die Kutsche. Wie blass sie aussehen! Lilli lässt die Kutscherpeitsche über den Köpfen der Pferde knallen, und los geht's. Die Fledermäuse flattern voraus und weisen Lilli den Weg. In holpriger Fahrt rast die Kutsche der roten, untergehenden Sonne entgegen. Weit und breit sind keine Häu-

ser zu sehen, und längst hat Lilli Schloss Dracula weit hinter sich gelassen. Das Abenteuer beginnt, ihr Spaß zu machen. Unterwegs hat sie sich einen Kutschermantel und einen ledernen Hut aufgesetzt. Die Sachen hat sie im Stall gefunden. Sie sieht wirklich verwegen aus, wie sie so auf dem Kutschbock sitzt und die Peitsche schwingt.
»Hüah«, ruft sie ausgelassen.
Mit Einbruch der Dunkelheit taucht endlich eine kleine Stadt am Horizont auf.
»Beutelsbach!«, ruft ihr eine Fledermaus zu.
Um die Stadt herum zieht sich eine nicht sehr hohe Stadtmauer, die gegen Angreifer sicherlich wenig Schutz bietet. Erst als Lilli näher herankommt, sieht sie, dass die vermeintliche Mauer nicht viel mehr als ein Zaun ist, der über und über mit Knoblauch

bewachsen ist. Oder sind die Knoblauchzehen dort angebunden? Knoblauch wächst doch in der Erde. Vielleicht eine besondere Sorte, die bei uns nicht bekannt ist. Auf jeden Fall ein guter Schutz gegen Vampire, denkt Lilli und wundert sich nicht, dass auch das Stadttor ganz und gar mit Knoblauch bewehrt ist.

Das Städtchen scheint wie ausgestorben. Niemand lässt sich blicken, als Lilli die Kutsche durch die inzwischen stockdunklen, menschenleeren Gassen lenkt. Auf dem Marktplatz reißt sie die Zügel zurück und bringt die Pferde vor der Kirche zum Stehen.

»Ist hier jemand?!«, ruft Lilli. »Eure Leute brauchen Hilfe. Ich hab sie euch zurückgebracht!« Keine Antwort. Lilli überlegt. Sicher wird sie durch die verrammelten Fenster oder Türritzen beobachtet. Ob man sie für einen verkleideten Vampir hält? Sie springt vom Kutschbock und hilft ihren befreiten Schützlingen heraus. Falls sie beobachtet wird, müsste das doch Beweis genug sein. Aber immer noch lässt sich niemand sehen. Da fällt Lilli etwas anderes ein. Die beiden Fledermäuse hocken restlos erschöpft auf dem Kutschdach und ringen nach Luft. Sie haben sich auf der Flucht völlig verausgabt. Lilli erinnert sich, was die zwei ihr über die vorsichtigen Bürger von Beutelsbach erzählt haben. Sie klettert wieder auf den Kutschbock und redet so betont laut auf die beiden ein, dass es weit über den Marktplatz schallt: »Habt Dank, meine lieben Fledermäuse! Ohne euch hätte ich es nicht geschafft, die armen Gefangenen aus Schloss Dracula zu befreien. Hier fresst etwas Knoblauch, damit ihr wieder zu Kräften kommt!« Mit ausholender Geste reißt sie ihr Schutzhalsband vom Hals und wirft sie den beiden zum Fraß vor. Die scheinen davon nicht sehr begeistert zu sein und schauen Lilli fragend an.

»Fresst!«, raunt Lilli den zweien zu. »Zum Dank dürft ihr euch später zum Blutsaugen die leckersten Kühe und Schweine aussuchen. Das verspreche ich euch!«

Mit im wahrsten Sinne des Wortes langen Zähnen machen sich die Fledermäuse über den stinkenden Knoblauch her.
Gewonnen! Lillis Trick hat überzeugt, denn wenig später ändert sich das Bild auf dem Platz. Erst vereinzelt kommen sie aus ihren Verstecken gekrochen, und dann strömen sie aus allen Häusern. Der Platz ist bald voller Menschen, und der Jubel ist groß, als sie ihre vermissten Freunde wieder in die Arme schließen können.
Der Apotheker Para Cetamol kümmert sich gleich um die Geschwächten. »Meine Knoblauchdragees haben noch jedes Vampiropfer wieder auf die Beine gebracht«, verspricht er. Es bedarf keiner großen Erklärungen von Lilli. Mit geübtem Blick erkennen die Stadtbewohner die hölzernen Todespflöcke in Lillis Ho-

sengürtel. Hier steht eine Vampirjägerin vor ihnen – und eine ausgekochte dazu, denn noch nie hat es jemand geschafft, gefangene Opfer aus Schloss Dracula zu befreien! Lilli wird wie eine Heldin gefeiert. Die Leute holen Fackeln, denn inzwischen ist die Nacht hereingebrochen, und leckere Speisen und Getränke. Lilli muss sogar einen Schluck Honigwein probieren. Der Marktplatz gleicht einem hell erleuchteten Festsaal. Alle wollen der tapferen Vampirjägerin die Hand schütteln und reden so begeistert auf sie ein, dass Lilli gar nicht zu Wort kommt. Auch der Apotheker gratuliert Lilli und sagt: »Er hat sicher schrecklich gestöhnt, als du ihn getötet hast!«

»Getötet?«, stammelt Lilli.

»Aber natürlich hast du ihm einen von deinen Vampirdolchen ins Herz gerammt«, sagt Para Cetamol begeistert. »Ohne ihn und seine schrecklichen Gesellen zu töten, hättest du ja niemals unsere gefangenen Bürger freibekommen!« Da muss Lilli ihn leider bremsen und berichtet, dass sie keinen der Blutsauger getötet hat. Der Apotheker schaut sie zweifelnd an und ruft dann panisch: »Sie sagt, der schreckliche Graf ist nicht tot!« Schlagartig macht das Wort die Runde, und es wird abrupt still auf dem Platz. Nur das Flackern der Pechfackeln ist zu hören.

»Aber seine verfluchte Vampirbrut hat sie sicher aufgespießt!«, ruft jemand aus der Runde.

»Nein, ich habe keinen Vampir getötet!«, sagt Lilli laut. »Ich habe . . .«

Noch bevor Lilli Weiteres erklären kann, bricht auf dem Marktplatz ein Tumult aus, und die Menschen schreien wild durcheinander.
»Dann bringt euch in Sicherheit, Leute!«, ruft jemand. »Sie werden noch vor Son-

nenaufgang hier sein und Rache an uns nehmen!«
»Bleibt besonnen, meine Freunde!«, versucht der Apotheker zu beruhigen. Aber nun gibt es kein Halten mehr. In wilder Panik laufen die Leute auseinander und flüchten in ihre Häuser. Alle versuchen, sich irgendwo zu verstecken. Wenig später ist der Platz wie leer gefegt. Nur die Mutigsten sind geblieben und versammeln sich um Lilli.
»Sag uns, was wir tun sollen!«, bittet Herr Cetamol. »Du musst es wissen! Immerhin hast du die Gefangenen aus seiner Macht befreit. Daran gibt es keinen Zweifel!«
Lilli überlegt fieberhaft. Wie soll ausgerechnet *sie* den Bürgern von Beutelsbach einen Rat erteilen? Wo sie doch kaum Erfahrung mit Vampiren hat . . .

»Wann geht die Sonne wieder auf?«, will Lilli schließlich wissen.
»Zwischen vier und halb fünf.«
»Wenn ich nur wüsste, wie wir sie bis dahin aufhalten könnten!«, überlegt Lilli laut. Aber eine andere Frage beschäftigt sie mindestens genauso: »Wie können die Vampire in eure Stadt kommen, wo ihr doch alles mit Knoblauch behängt habt?«
»Wenn wir das nur wüssten«, antwortet Herr Cetamol. »Niemand von uns hat sie jemals genau beobachtet, weil wir uns doch immer alle verstecken, wenn sie unsere friedliche Stadt heimsuchen.«
»Aber alles Verstecken hilft nicht!«, erklärt jemand anderes weiter. »Zwei oder drei erwischen sie immer.« Und der Apotheker ergänzt: »Und bei Vollmond schlagen sie besonders erbarmungslos zu!«

Unwillkürlich wandern die Blicke der Umstehenden verstohlen zum Himmel.
Vollmond!!!
In diesem Moment schlägt die Kirchturmuhr endlos lange zwölf Mal. Die Umstehenden schauen sich vielsagend an, und auch Lilli weiß, was die Uhr geschlagen hat.
Alle Augen sind auf sie gerichtet.

4. Kapitel

Das Schlagen der Kirchturmuhr bringt Lilli auf eine Idee, wie sie mit vereinten Kräften die Vampire überlisten könnten. Aber noch bevor sie den Stadtbewohnern ihren »Vampir-Abwehrplan« erklären kann, stürmt der Pfarrer aufgeregt auf den Platz.

»Sie kommen! Vom Kirchturm aus habe ich sie fliegen sehen. Eine ganze Armada von Fledermäusen ist im Anflug!«

»Bringt euch in Sicherheit!«, befiehlt Para Cetamol. »Sonst holen sie uns als Erste!«

»Aber hört doch! Mein Plan!«, ruft Lilli verzweifelt. Sie schafft es gerade noch, den tapferen Bürgern wenigstens die Grundzüge ihres Rettungsplanes zu erläutern. Dann laufen alle auseinander und verschwinden in den angrenzenden Gassen.

»Bitte, bitte, tut, was ich euch gesagt habe!«, ruft Lilli ihnen noch beschwörend

hinterher. Haben sie Lilli in ihrer Aufregung überhaupt zugehört? Selbst die beiden Fledermäuse ziehen sich zurück: »Wir machen die Flatter! Sieh auch du zu, dass du Land gewinnst!« Schon steigen sie auf, und Lilli hört nur noch das klatschende Geräusch der blutleeren Fledermausflügel über sich. Dann steht sie mutterseelenallein mitten auf dem düsteren Platz. Irgendwo brennt noch eine einsame Fackel. Der Vollmond verschwindet hinter einer Wolke. Hoch oben aus dem Glockenturm der Kirche hört Lilli ein Käuzchen unentwegt schreien. Den Ruf hört Lilli schon die ganze Zeit, aber jetzt ist ihr, als rufe das Käuzchen: »Auch duuu! Auch duuu . . .!«

Für einen Moment überlegt sie, dass jetzt der richtige Zeitpunkt für den Hexensprung zurück nach Hause gekommen wäre. Aber in Lillis Angst mischt sich Trotz. Jetzt erst recht! Sie will wenigstens versuchen, den Vampiren Paroli zu bieten. Wenn die Beutelsbacher ihre Anweisungen für den Vampir-Abwehrplan befolgen, besteht sogar Hoffnung!

Entschlossen rennt Lilli in die nahe Kirche und dann mit großen Schritten den Kirchturm hinauf. Immer drei Stufen auf einmal. Weiter und weiter geht es treppauf die steile Wendeltreppe hoch. Atemlos erreicht sie den oberen Glockenturm. Dort sind nicht nur die beiden Glocken aufgehängt, sondern den meisten Platz beansprucht das mächtige Gehäuse mit dem Uhrwerk der großen Kirchturmuhr. Hier oben pfeift ein strenger Wind. Lilli klettert zu der fensterartigen Öffnung, die den Blick auf das Stadttor freigibt. Als sie sich dabei an der inneren Mechanik der Kirchturmuhr vorbeizwängt, sieht sie ihre beiden Fledermäuse. Kopfüber hängen sie da, ganz in ihre eigenen Flügel eingehüllt, sodass sie Lilli gar nicht wahrnehmen. Aber für eine Begrüßung hätte Lilli jetzt ohnehin keine Zeit. Sie kramt ihr Fernglas aus dem Rucksack und späht in den Nachthimmel. Gerade noch rechtzeitig, um im Vollmondschein die fetten Fledermäuse nicht weit vor dem Stadttor landen zu sehen. Lilli zählt mindestens sieben! Und dann kann sie beobachten, wie sie wieder ihre Gestalt als Vampire annehmen. Es sieht so aus, als würde der größte von ihnen etwas an die anderen verteilen. Aber selbst durch ihr Fernglas kann Lilli nicht erkennen, was es ist. Mist! Nun mar-

schieren die sieben auf das Stadttor zu. Der größte vorweg. Die denken wohl, zu Fuß wären sie unauffälliger! Wenig später kann Lilli sie nicht mehr sehen, weil ihr die Hausdächer der kleinen Stadt die Sicht nehmen.

Jetzt ist für Lilli der Zeitpunkt gekommen, ihren Teil des Rettungsplanes in die Tat umzusetzen. Sie klettert zurück zum riesigen Uhrwerk und untersucht es genauer. Unzählige Zahnräder und Gestänge greifen an verschiedenen Stellen ineinander und drehen sich. Nicht lange, und Lilli hat gefunden, wonach sie sucht: eine lange, dünne Stange, die das Uhrwerk mit dem Klöppel einer Glocke verbindet. Lilli legt einen Hebel um und trennt auf diese Weise das Glockenschlagwerk von der Uhr.

»Jetzt ist Ruhe!«, sagt sie und macht sich daran, in das Stellwerk der Uhr einzugreifen. Das ist leichter gesagt als getan, denn das große Rad, mit dem man die Uhr vor- oder zurückstellen kann, ist nur schwer zu bewegen. Mit aller Kraft schafft sie es, das Stellrad so lange weiterzudrehen, bis die Zeiger auf dem Zifferblatt draußen auf fünf Minuten vor vier zeigen. Dann legt sie den Hebel für das Glockenschlagwerk wieder zurück.

»Beim nächsten Glockenschlag ist es vier Uhr«, sagt sie feixend und klettert zurück zu ihrem Aussichtspunkt am Fenster. Das Fernglas ist nun nicht mehr nötig, denn auch mit bloßem Auge ist dank des hellen Mondlichts gut zu erkennen, wie in diesem Moment Graf Dracula auf den Marktplatz kommt. Lillis Herz pocht. Ihr ist, als würde der Wind mit dem Auftauchen des Grafen noch kälter wehen, und auch das schreiende Käuzchen verstummt bei seinem Anblick. Selbst aus dieser Entfernung sieht Graf Dracula beängstigend und zugleich würdevoll aus. Nur in seinem Gesicht stimmt irgendetwas nicht. Jetzt greift Lilli doch zum Fernglas. Und dann muss sie fast lachen. Erstens, weil das, was sie er-

kennen kann, zu komisch aussieht, und zweitens, weil sich ihre Spannung löst. Sie begreift nämlich mit einem Mal, mit welch einfachem Trick es der Vampir durch die Knoblauchwand schaffte: eine Wäscheklammer! Das war des Rätsels Lösung! Eine einfache Wäscheklammer, mit der sich der Vampir seine fein geschnittene Nase zukneift, um den Knoblauch nicht zu riechen. So einfach war das! Jeder glaubt, die Wäscheklammer gibt es erst seit achtzehnhundertirgendwann, dabei haben die transsylvanischen Vampire sie bereits im Mittelalter erfunden! Aber das Lachen vergeht Lilli schnell, als sie sieht, wie jetzt auch die anderen Vampire den Platz betreten. Auch sie tragen Nasenklammern, und trotzdem sieht es nicht lustig aus. Sie haben nämlich bereits Menschen in ihre Gewalt gebracht. Ihre Opfer sind Erwachsene und Kinder, die offensichtlich stumm vor Schreck sind.

»Der erste Biss gehört mir!«, hört Lilli den Grafen fordern, und der Wind trägt seine schneidende Stimme zu ihr hinauf. Lilli blickt zur Turmuhr. Nur noch eine Minute bis zum Glockenschlag. Schon streift Graf Dracula den Schal eines jungen Mädchens zur Seite, um ihr besser in den Hals beißen zu können. Mit flehendem

Blick schaut Lilli zur Uhr. Die Sekunden vergehen wie eine Ewigkeit.

»Jetzt schlag schon vier!«, zischt Lilli und krallt ihre Hände ins Fernglas. Die schneeweißen Blutzähne des Vampirs blitzen auf, und Lilli setzt das Glas ab, um das Entsetzliche nicht mit ansehen zu müssen. Da endlich schlägt die Turmuhr vier Mal! Erschreckt lässt der Graf von dem Mädchen ab.

»Das kann nicht sein!«, faucht er und sieht hinauf zur Turmuhr. »Nicht schon jetzt! Es war doch gerade erst Mitternacht!«

»Wir sind doch pünktlich losgeflogen!«, stimmen ihm auch die anderen Vampire empört zu.

»Sie wollen uns mit ihrer falschen Uhr hereinlegen!« Der Graf lacht höhnisch. »Dieses Menschenpack wagt es, mir einen solchen Schrecken einzujagen! Dafür werden sie doppelt bluten müssen! Gierig streckt er seine knochige Hand wieder nach dem Mädchen aus, das aus Angst ohnmächtig geworden ist und zu seinen Füßen liegt.

»Jetzt macht schon!«, zischt Lilli. Warum tun die Stadtbewohner nichts?! Ob sie sich aus Angst nicht an Lillis Vampirplan halten? Oder haben sie ihn gar nicht verstanden? Lilli möchte vor Wut schreien. Schon streift der Graf erneut den Mädchenschal zu Seite. Da endlich – kräht der erste Hahn! Und dann ein zweiter, ein dritter. Kein Wunder: Nachdem die Turmuhr vier Mal geschlagen hat, wurden die armen Tiere von den Bürgern aus dem Schlaf gerissen und in den Po gekniffen, bis sie zum Erbarmen krähten. Genau so, wie Lilli es in ihrem Plan vorge-

sehen hat. Aus allen Richtungen schallt das Krähen der Hähne auf den Marktplatz! Das fährt den Vampiren ordentlich in die Glieder! Verschreckt reißen sie die Arme hoch. Panik in den Augen! Aus Angst, vom ersten Sonnenstrahl getroffen zu werden, vergraben sie ihre Gesichter unter ihren Umhängen. Graf Dracula gewinnt als erster seine Fassung zurück.

Ganz vorsichtig lugt er unter seinem Umhang hervor und ruft seiner Gefolgschaft zu: »Lasst euch nicht beirren! Das ist ein Trick!« Aber seine Stimme zittert und hat nicht mehr dieses Röcheln, das einem den Schauer über den Rücken jagt – und würdevoll klingt sie schon gar nicht mehr!

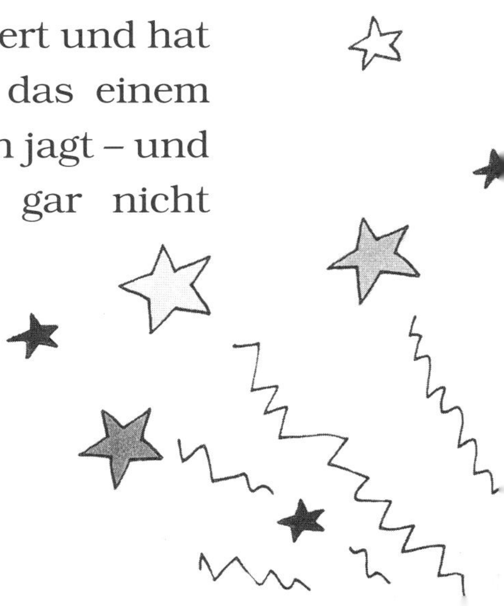

»Sie wollen uns hereinlegen!«, herrscht er seine Vampire an. Die aber hören noch immer die Hähne aus Leibeskräften krähen und sind total verunsichert. Nur nach und nach wagen auch sie einen Blick in den Himmel. Dort hat sich gerade eine Wolke vor den Mond geschoben. Aber auch ohne Vollmond sehen sie, dass es noch finstere Nacht ist.

»Der Graf hat recht!«, stimmen sie Dracula zu.

»Na warte!«, sagt Lilli und holt jetzt ihre Hauptwaffe aus dem Rucksack. »Euch Lumpenpack werd ich's zeigen!« Schon blitzt ein starker Lichtstrahl von hoch oben. Graf Dracula direkt in die Augen! Ein Schreckensschrei durchbohrt Lilli. Sie lässt die Taschenlampe fallen, um sich die Ohren zuzuhalten. Aber egal! Davon bekommt niemand etwas mit. Geblendet dreht der Graf sich um und verbirgt wieder sein Gesicht unterm Umhang.

»Der erste Sonnenstrahl! Rette sich, wer kann!«, kreischt er und im gleichen Moment starten sieben Fledermäuse in die Nacht.

Ein Jubelschrei aus tausend Kehlen schallt über den Marktplatz. Die Beutelsbacher freuen sich so laut, als wollten sie mit den Hähnen um die Wette tönen. Bald ist die ganze Stadt auf den Beinen, um den Sieg über die Vampire zu feiern. Lilli steht hoch oben im Turm und winkt hinunter auf den Platz. Sie ist voller Stolz, dass ihr Plan aufgegangen ist. Die Menschen jubeln ihrer Heldin zu. Dieses mutige Mädchen dort oben hat den Plan ausgeheckt! Sie hat die Vampire das Gruseln gelehrt! Auch wenn sich niemand von ihnen erklären kann, was es mit dem ersten Sonnenstrahl auf sich hatte . . .

Lilli steigt die Treppe hinab und feiert mit ihren neuen Freunden bis in den Morgen. Das Piepsen ihrer Armbanduhr erinnert sie schließlich an die Heimkehr. Aber einfach so heimreisen will sie nicht, denn auch ihr sind die Sorgenfalten des Stadtapothekers nicht entgangen. Auch wenn das ganze Städtchen im Freudentaumel schwebt, ist ihm wohl klar geworden,

dass sie nur einen Tagessieg errungen haben. Die Blutsauger werden zurückkehren. Spätestens zum nächsten Vollmond! Doch Lilli hat bereits eine weitere Idee ausgebrütet, wie die Beutelsbacher sich dauerhaft gegen die blutrünstige Gefahr wappnen können. Bevor sie also endgültig aufbricht, sucht sie Herrn Cetamol auf und erklärt ihm Folgendes: »Ihr habt es mit einem schwierigen Gegner zu tun. Die Vampire sind schlau geworden. Durch ihren Nasenklammertrick kommt man ihnen mit Knoblauch nicht mehr bei. Aber wie ist es mit Wasser?«

»Du bist ja lustig! Wasser! Na, was glaubst du, womit wir es schon probiert haben? Zuerst mit Brackwasser, dann mit Nasenwurzjauche und schließlich – als alles nichts half – sogar mit 4 711-Löffel voll doppelt saurem Colonium Aquarium!«, stöhnt der Apotheker.

»Das meine ich doch nicht!«, ruft Lilli. »Habt ihr denn noch nichts davon gehört, dass Vampire auch als Fledermäuse kein Wasser überfliegen können?«

»Natürlich. Das ist uns seit alters her bekannt. Nur – wir leben leider nicht auf einer Insel!«

»Dann müsst ihr eine Insel aus eurer Stadt machen!«, ruft Lilli.

Der Apotheker sieht aus wie ein wandelndes Fragezeichen, und Lilli wird nun langsam ungeduldig: »Baut einen Graben um die Stadt. Leitet den Beutelsbach da hinein! Ich muss los, alles Gute . . .« Und damit düst sie in eine der dunklen Seitengassen. Sie möchte beim Hexensprung ungern beobachtet werden. Ein letzter Blick auf Beutelsbach, und sie greift in ihre Hosentasche . . . aber OH, NEIN! Ihr Stoffmäuschen ist weg! Ohne ihr Mäuschen kann sie sich nicht zurückhexen. Hastig durchsucht sie ihren Rucksack und noch einmal alle Hosentaschen. Zwecklos, das Stoffmäuschen ist weg! Lilli überlegt fieberhaft: Wo hat sie es zuletzt gehabt . . .? NEIN – DAS DARF NICHT WAHR SEIN: In der Todesgruft! Als sie den Sargdeckel zurückgeschoben hat, wollte sie sich zur Not damit zurückhexen. Sie hatte es sich zwischen die Zähne geklemmt. Und dann musste sie schreien . . . Mist! Mist! Mist! Lilli schaut auf ihre Uhr. Sie müsste längst zu Hause sein. Tausend Gedanken und Möglichkeiten rasen durch ihren Kopf. Was – wenn sie nun nie mehr nach Hause zurückkommt? Dann rennt sie los. Zurück auf den Marktplatz. Die Pferdekutsche. Ein Lederriemen vom Pferdehalfter. Sie wird freudig angesprochen. Egal! Sie kann jetzt keine Rücksicht nehmen. Drückt den Riemen ans Herz, murmelt den Spruch für den Hexensprung, die Augen zu . . . WUSCH . . . Augen auf, sie steht im Pferdeschuppen.

Ein Blick aus dem Fenster, draußen huschen Vampire über den Schlosshof. Sie wühlt ihre Vampirverkleidung aus dem Rucksack. Den Regenponcho an und zuletzt die Vampirzähne aus Plastik. Für die weiße Schminke ist keine Zeit. Jetzt oder nie!

Ein mittelgroßer Vampir huscht aus der Remise, überquert den Hof, hinein ins Schloss Dracula, geradewegs auf den Keller zu . . .

»Guten Biss, Frau Kollegin! Wohin so eilig, schöne Frau?«, wird sie angesprochen. Lilli läuft weiter, nuschelt etwas durch ihre Plastikzähne. Erst jetzt merkt sie, wie schwer es ist, mit diesen Dingern zu sprechen.

»Darf ich Sie zu einem Blutpunsch im Mondenschein einladen? Nur wir zwei . . .«

»Auch das noch! Ein Vampir, der mit mir anbandeln will! Das darf doch nicht wahr sein«, stöhnt Lilli. »Hab schon eine Verabredung mit dem Grafen. Der küsst so schön blutig!«, zischelt Lilli zurück. Das hat gesessen! Der Freier zieht beleidigt ab. Weiter zum Keller. Die Treppen hinab. Der Gruftraum. Die Särge sind leer. Da, neben Draculas Sarg liegt – die Maus! Schon will Lilli sie greifen . . .

»Hallooooh!«, hört sie eine Stimme hinter sich röcheln. Eine unverkennbare Stimme. Oh nein! Nicht der! Jetzt nur nicht umdrehen und ihn anschauen. Sie hat ihre Sonnenbrille nicht auf. Wie ge-

bannt starrt Lilli auf den Boden vor sich. Nur nicht aufschauen!
»Hier stimmt was nicht. Ich rieche . . .«
Mist! Lilli wagt nicht, sich zu bewegen, um die Maus aufzuheben.
Auch ohne hinzuschauen, weiß Lilli, dass der Graf in der Tür steht. Sie kann also nicht hinaus.
»Ich rieche Menschenfleisch!«
»Darum bin ich hier!«, nuschelt Lilli.
»Ich wollte euch holen. Euch gehört doch der erste Biss!«
»Wo?«
»Ich glaube, hier im Sarg . . .«
Schon hört sie die Schritte, die näher kommen. Jetzt müsste der Graf direkt hinter ihr stehen, um in den Sarg zu sehen. Bloß nicht umdrehen!

»Ich glaube, hier im Sarg . . . ist der Mensch nicht!«, sagt Lilli und bückt sich ganz langsam. Jetzt hat sie das Stoffmäuschen in der Hand. Aber wenn sie beginnt, den Zauberspruch für den Hexensprung zu murmeln, wird der Graf zupacken. Also Nerven bewahren . . . und ihn keinesfalls anschauen!
»Ich habe den Mensch oben gesehen, in der . . .«
Ein Sprung zur Seite, und Lilli rennt los. Die Treppe hinauf, durch die großen Hallen. Lilli rennt um ihr Leben. Hinter ihr hört sie das rauschende Gewand von Graf Dracula. Sie presst die Stoffmaus an ihr Herz, nuschelt im Laufen den Spruch. Nichts! Kein Hexensprung. Mist! Vielleicht liegt es an den Plastikzähnen, dass sie den Spruch nicht richtig sprechen kann? Sie rennt weiter, Draculas Röcheln

im Nacken, erreicht den Ausgang, spuckt die Zähne aus und beginnt erneut, den Zauberspruch zu murmeln. Noch ehe sie ihn zu Ende ausgesprochen hat, hört sie hinter sich einen fürchterlichen Schrei. Bloß nicht umdrehen! Erst jetzt fällt es ihr auf: Sie ist in Sicherheit! Denn in diesem Moment geht die Sonne auf, und die ersten Sonnenstrahlen stechen in den Schlosshof. Ob sie den Grafen getroffen haben? Dann wäre er tot und zu Staub zerfallen. Lilli wagt nicht, sich nach ihm umzudrehen, drückt ihr Stoffmäuschen ans Herz, murmelt den Spruch . . .

»Wo kommst du denn plötzlich her?«
Leon! In ihrem Zimmer! Lilli lässt sich aufs Bett sinken. Die Knie sind ihr weich.
»Wo kommst du denn plötzlich her?«, nervt Leon weiter. »Du, du warst doch gar nicht da, ich meine . . .«, stottert Leon herum. Er kann sich nicht erklären, wieso seine große Schwester auf einmal vor ihm auftaucht.
»Du kommst doch auch immer in mein Zimmer, ohne anzuklopfen!«, scherzt Lilli und streicht ihm über den Kopf. »Was für ein Abenteuer . . .«

Hektor,
Lillis Freund und Experte für
Magisches und Zauberei,
präsentiert:

Vampirischer Fledermaustrick

Wusstet ihr, dass selbst Spinnen vor Vampiren Angst haben? Wenn du testen willst, ob eine Fledermaus eine echte ist – oder ein verwandelter Vampir, setze einfach eine Spinne daneben. Läuft sie weg, solltest du auch die Beine in die Hand nehmen. Bleibt sie sitzen, dann besteht keine unmittelbare Biss-Gefahr.

Um Leon zu beeindrucken, hat Lilli sich einen echt genialen Fledermaus-Vampirtrick ausgedacht. Der geht so:

1. Lilli faltet einen Bogen schwarzes Seidenpapier mehrmals, zeichnet eine Spinne darauf und schneidet sie aus. Auf diese Weise erhält sie gleich mehrere Spinnen.

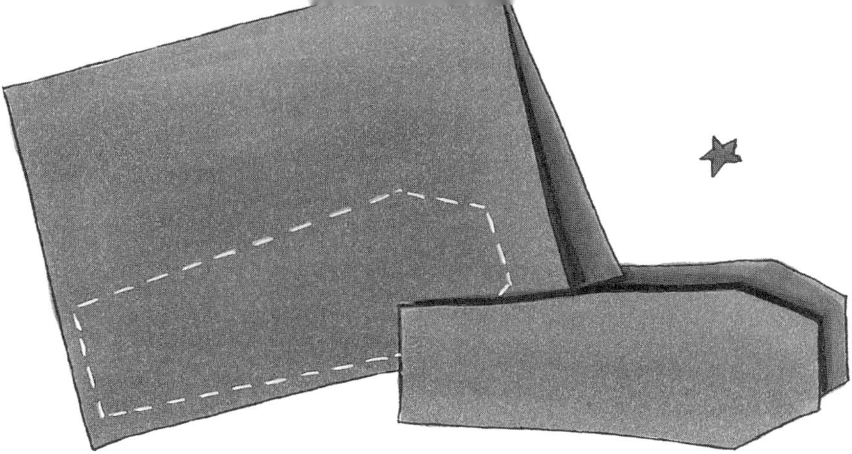

2. Sie schneidet aus braunem Karton zwei Sargdeckel und klebt diese auf eine große Kartonunterlage. Das ist die Gruft von Schloss Dracula. Lilli setzt alle Spinnen auf einen Sargdeckel.

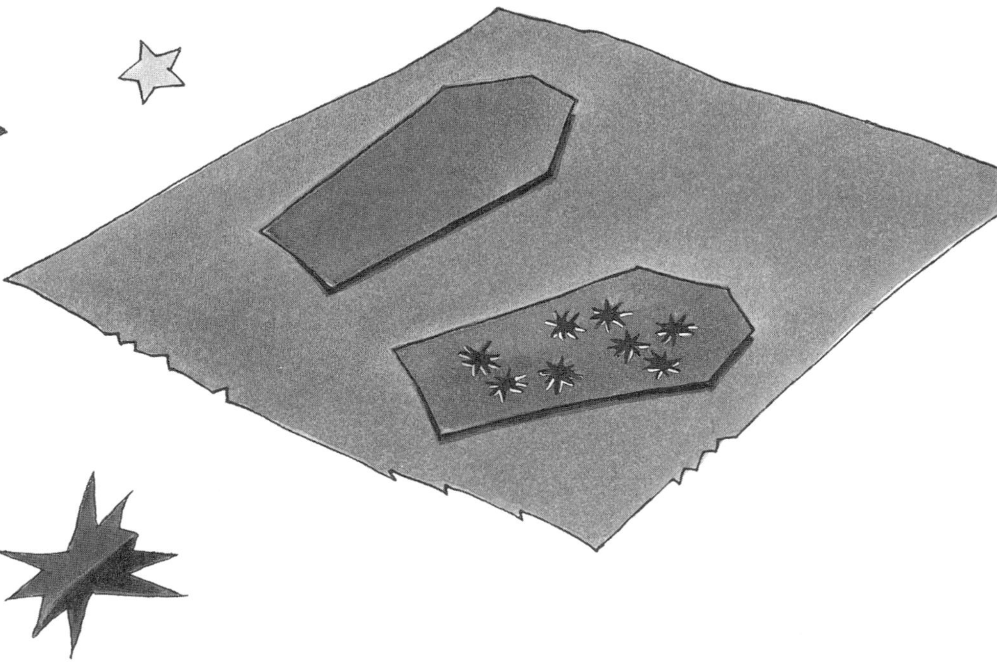

3. Aus schwarzem Karton schneidet sie eine Fledermaus aus. Sie fädelt einen Faden erst durch die Fledermaus, dann durch einen Tischtennisball.

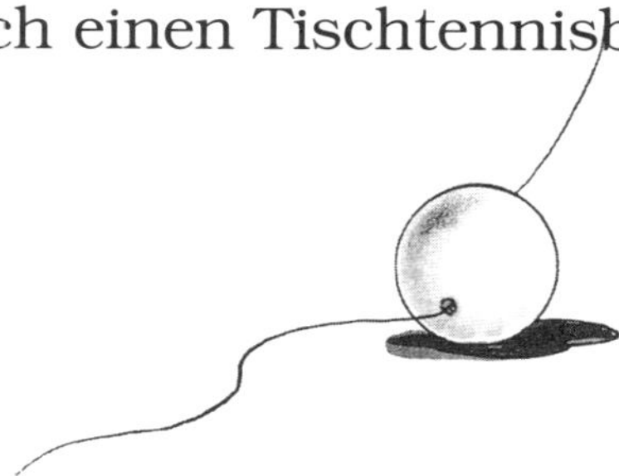

4. Sie verknotet das Fadenende am Tischtennisball und bindet das andere Ende an ein Holzstäbchen.

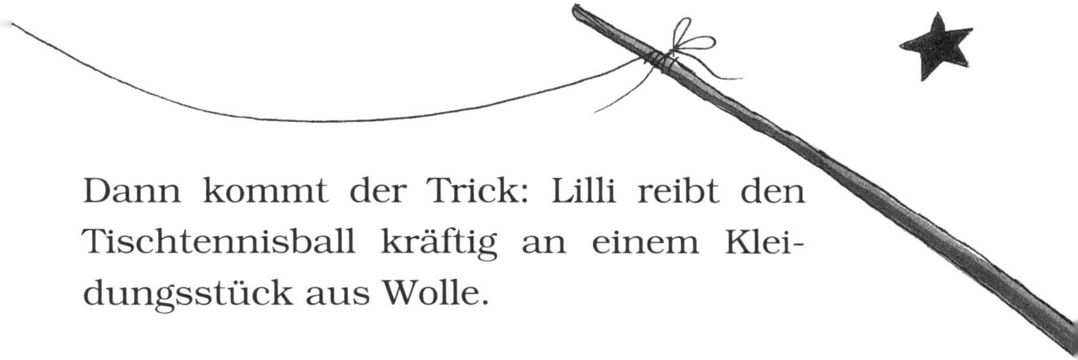

Dann kommt der Trick: Lilli reibt den Tischtennisball kräftig an einem Kleidungsstück aus Wolle.

5. Nun lässt sie die Fledermaus über die Gruft schweben. Die Spinnen beginnen zu hüpfen. Ihhhh . . . ein echter Vampir!!!

Nach dem ersten Schreck traut sich Leon mitzuspielen. Um die Wette lassen Lilli und Leon die Spinnen von einem Sargdeckel auf den anderen hüpfen.

Hektor,
Lillis Freund und Experte für
Magisches und Zauberei,
präsentiert:

Trick
Flaschengruselgeist

Lilli hat bei ihrem Rundgang durch Schloss Dracula eine Sammlung gefährlicher Flaschengruselgeister gefunden. Ein besonders gruseliges Exemplar hat sie mit in die Gegenwart entführt. Du glaubst ihr nicht? Na, dann pass gut auf, dass der gefährliche Flaschengruselgeist dem gläsernen Gefängnis nicht entweicht!

Lilli nimmt eine leere Flasche und lässt sie im Gefrierfach ganz kalt werden. Dann legt sie eine nasse Münze auf den offenen Flaschenhals und umfasst die kalte Flasche mit ihrer Hand. Nach einer kurzen Weile fängt die Münze an zu klappern.
Hilfe – er will raus!!!

KNISTERnde Spannung

Guten Tag.

Ich bin KNISTER, der die Hexe Lilli geschrieben hat. Ich möchte euch gerne mehr über meine Bücher erzählen. Die schreibe ich übrigens mit dem Computer: einem großen, der bei mir zu Hause steht, und einem kleinen auf einem Segelboot.

KNISTER im Internet!

Mit KNISTER Spieleseiten!

www.knister.com
www.arena-verlag.de

Für den Arena Verlag habe ich inzwischen einen ganzen Stapel spannender Bücher verfasst:

- Hexe Lilli
  Mit vielen Büchern aus der Erfolgsserie
- Teppichpiloten
- Teppichpiloten starten durch
- Teppichpiloten mit Geheimauftrag
- Bröselmann und das Steinzeit-Ei
- Die Reiter des eisernen Drachen
- Alles Spagetti
- Wo ist mein Schuh? fragt die Kuh
- Knuspermaus im Weihnachtshaus

Meine Taschenbücher:

- Teppichpiloten jagen durch die Zeiten
- Wer verflixt ist Yoko?
- Yoko und die Gruselnacht
  im Klassenzimmer
- Yoko mischt die Schule auf
- Die Sockensuchmaschine
- Willi Wirsing
- Der Krimi vom Weihnachtsmann

Arena

Viel Vergnügen mit Hexe Lilli!

Seit Lilli das Zauberbuch hat, gerät sie von einem Abenteuer in das andere. Jeder Band enthält viele Bilder und echte Zaubertricks zum Nachzaubern!

Hexe Lilli stellt die Schule auf den Kopf
Hexe Lilli macht Zauberquatsch
Hexe Lilli und der Zirkuszauber
Hexe Lilli bei den Piraten
Hexe Lilli und der Weihnachtszauber
Hexe Lilli wird Detektivin
Hexe Lilli im wilden Wilden Westen
Hexe Lilli und das wilde Indianerabenteuer
Hexe Lilli im Fußballfieber
Hexe Lilli und das Geheimnis der Mumie
Hexe Lilli und das Geheimnis der versunkenen Welt
Hexe Lilli und das magische Schwert
Hexe Lilli auf Schloss Dracula
Hexe Lilli auf der Jagd nach dem verlorenen Schatz
Hexe Lilli und der Ritter auf Zeitreise
Hexe Lilli und der schreckhafte Wikinger
Hexe Lilli im Land der Dinosaurier
Hexe Lillis geheime Zauberschule
Hexe-Lilli-Fan-Artikel

Die Hexe-Lilli-Geschichten
gibt es auch auf Kassette
und CD von Igel Records
und BMG!

www.knister.com

Arena

Entdecke Hexe Lilli!

Außer Gedanken und Gefühlen kannst du diesem Tagebuch auch deinen ersten Liebesbrief, besondere Eintrittskarten oder eine wertvolle Haarlocke anvertrauen, denn dieses Buch hat eine einzigartige Geheimschublade! Und natürlich sind beide – Buch und Schublade – abschließbar!

160 Seiten. Gebunden.
Vierfarbiger, wattierter Umschlag.
ISBN 978-3-401-0**5711**-8

Ein richtiges kleines Schatzkästchen ist diese pink-orangefarbene Schmuckschachtel. Sie enthält 20 starke Hexe-Lilli-Postkarten mit zehn verschiedenen Motiven, die zu allen wichtigen Anlässen verschickt werden können. Da greifen selbst Schreibmuffel zum Füller – wetten?

ISBN 978-3-401-0**5824**-5

CD-ROM in Box.
ISBN 978-3-401-0**6050**-7

www.knister.com

Arena